KB062481

아저씨, 욕.망.하.다.

은밀하게

아저씨,
욕.망.하.다.
은밀하게

초판 1쇄 인쇄 2016년 4월 20일 **｜ 초판 1쇄 발행** 2016년 4월 25일
지은이 김정경
펴낸이 김명희 **｜ 편집부장** 이정은 **｜ 편집** 차정민, 이선아
디자인 신영미 **｜ 마케팅** 홍성우, 이가은, 김정혜, 김화영 **｜ 관리** 최우리
펴낸곳 다봄 **｜ 등록** 2011년 1월 15일 제 395-2011-000104호
주소 경기도 고양시 덕양구 고양대로 1384번길 35
전화 031-969-3073(영업) **｜ 팩스** 02-393-3858
전자우편 dabombook@hanmail.net

ISBN 979-11-85018-33-1 03810

이 도서의 국립중앙도서관 출판시도서목록(CIP)은 서지정보유통지원시스템 홈페이지(http://seoji.nl.go.kr)와
국가자료공동목록시스템(http://www.nl.go.kr/kolisnet)에서 이용하실 수 있습니다.(CIP제어번호 : CIPCIP2016007737)

*책값은 뒤표지에 표시되어 있습니다.

아저씨, 욕.망.하.다.

은밀하게

김정경 그리고 씀

다봄

#차례

술은 자유롭고 미녀는 존엄하다

글보다는 그림을 먼저 알았다. 맘에 둔 여학생의 호감을 얻으려 캔디를 연마하였으나 세일러 문을 그리는 키 큰 남자에게 가 버렸다. 글을 배워 편지를 썼으나 시를 쓰는 키 큰 남자에게 가 버렸다. 이후로 술을 배워 수작 하였으나 술에 취해 키 큰 남자에게 가 버렸다.

여자는 종내 모를 일이다.

이제는 다 자라 주변은 거창하고 난 평범한 욕망을 그리며 살아간다. 거창한 것들과의 전쟁 같은 격무 중에 피어난 욕망의 기록은 난중일기와 같다.

막걸리와 미녀에 대한 흠숭과 찬양은 찬송가와 같다. 신장으로 서로 사맛디 아니한 미녀를 어여삐 녀겨 맹가논 시서화는 홍익인간의 훈민정음과 같다.

　공직이라는 신분적 한계와 나주라는 지리적 한계, 그리고 애 셋이라는 출산적 한계에 맞선 욕망의 수싸움은 알파고와 이세돌의 바둑과 같다. 난중일기 같고 찬송가 같고 훈민정음 같고 이세돌 바둑 같은 욕망이다. 좀 더 숭고한 욕망을 품었어야 했는데 내 욕망의 8할은 막걸리와 미녀다. 나머지는 숙취다.

　불구하고 광야에서 외친 욕망들이 돌아와 책으로 묶인다니 곤란한 욕망이다. 허나 술은 자유롭고 미녀는 존엄하다. 하여 막걸리와 미녀를 통해 자유와 존엄을 얻겠다는 것이 나의 야심 찬 욕망이다.

　욕망도 병인 양하다.

2016년 4월.　一杯 김정경

아빠가 뭐하는

사람인가 하면

미녀를 만나
호강게 하는 게
평생의 일이다.

아빠가 뭐 하는 사람인가 하믄……
미녀들에게 페친 신청을 했어요.

"왜 아빠는 지하철하고 버스에서 여자만 그려?"

하고 딸이 묻기에

"그것은
네 엄마의 핸드폰 바탕화면이
소지섭인 것과 같은 이유다."

라고 답해 주었다.

미녀로 가득한 설레이는 서울도시철도에

싸랑을 쓰려거든 연필로 써야 하는데

붓으로 그려 놔서 지우기가 너무너무 어렵자나요호~♪

하물며 출장지가 대학로라 문신을 새기고픈

나의 뜨거운 마음은 불같은 나의 마음은 우후훗 ♬

♩

#4

낮에는 술값 벌고

밤에는 술 마시고

아침엔 술 깨고.

지갑에 있어야 할 현금이 없다.

아내에게 물어보니 어제 대취한 아빠가
온 식구를 키대로 세우더니
순서대로 오만 원, 만 원, 오천 원, 천 원을 주었단다.

절도 받았단다.

당…… 당황하지 않았다.

아침 아들놈은 덩나막고
앤범을 꺼내 펼친다.
새끼들이 다 찌꺼리하고, 둘째는 어려하면
맏내는 막내도 당두로 섞였다.
첫째는
웃기만 한다.

추억은
방올방올 하다.

#₆

어제도 운동 삼아 마시다 심야에 귀가하였다.

확실히 종합스포츠가 맞는 게,

2차였던 음주 노래방에서 만보계가 15,000이 넘었다.

만보계를 증거로 육상부 출신인 아내에게

자랑삼아 이야기했다가

발로 옆구리를 차일 뻔하였다.

#₇

"아빠, 이게 뭐예요?"

"어…… 얘들아, 인사해.
아빠 친구야…….
……

'대체 지난밤에 무슨 일이…….'

지난밤 성인 남자 넷이
술로 모여
오늘만큼은 여자 이야기 말고
정치와 사회를 논해 보자 했다.
진상 조사 이야기에선
그 진상이 부리는 진상이 맞다고 우겼고,
'웃을 때 목젖이 보이는 여자가 좋더라'의
'목 젖'에 흥분했었다 추억하였다.

두근두근 한국어다.

#₉

살짝······

흥분되었다……

화장실서 작은 일을 볼 땐
"덤벼라, 세상아!" 웅비하고

좀 더 큰일에 임해서는
'그래, 다 내려놓자…….' 자성한다.

대소사에 정연하고
미련이 없어야겠다.

그림을 안 그릴 땐 마시고
취하지 않을 땐 출근을 하고
회사가 아니면 연애를 하였는데
목하 중년이다.
누구 탓인지 모르겠다.

₁₂

이마가 점점 넓어진다.

이마는 초년운이라는데

참 기묘하다.

온라인 쇼핑몰서 슬림핏 추리닝을 샀다.
아내는 나온 배가 정은과 닮았다 하여 종북이라 했고,
딸은 잉여의 기장을 보고 내년에 입으라 한다.
양반다리는 어떨까 하니 둘째가 무릎에 둥지를 틀고
셋째가 우유를 부어 반품이 어렵다.

상품 후기가 대략 이렇다.

실패한 슬림핏 추리닝을 교훈 삼아
한 치수 작은 것을 구매했다.
새 옷을 딸이 먼저 입기에 뭐라 했는데
얼추 길이가 맞는 게 더 화가 난다.
둘째가 지 건 없냐 한다.

패딩 벗자, 오빠!

봄이다. 마침 진해 벚꽃 열차가
대인 4만5천 원 소인 3만5천 원이라는데
난 4만 원만 내도 되겠지.

엄니가 어린이날이라고
백화점서 양복을 맞춰 주셨다.

'나이가 들어도
부모에겐 어린이구나…….'
뭉클했는데

막상 바지 기장이 5월 5일이다.

색시랑은 하얀 달 아래 그림을 그리다 만났다.
그림도 신장도 나보다 높았는데
안목만 내가 높아 임자가 되었다.
해마다 간장게장, 매실주에 아구찜도 맛나지고
아이는 셋이나 영근다.
사는 동안 살아야겠다. 달이 높다.

아내가 손뜨개로 짜 줬다.

과잉보호를 받고 있다.

증언에 따르면 할아버지는 엄청난 미남이셨다고 한다.
185의 미남 할아버지는 150의 할머니를 만나
178의 아버지를 낳았고,
아버지는 160의 엄마를 만나 170에 약간 모자란 나를 낳았다.
난 170을 넘나드는 색시를 얻었으니 나의 승리다.
게다가 색시가 엄청난 미남형!

아내와 연애한 지 오늘로 딱 15년이다.

난 그중 7년이 취중이었고 7년은 숙취였다.

나머지 1년은 필름이 없다.

아내는 애 셋 기저귀를 10년 동안 갈고 6년을 수유했다.

나머지 시간엔 안주를 만들었다.

어느 나라 격동 현대사 같다.

결혼을 앞둔 후배께서
어떻게 충실한 가장이 될 수 있었냐고 묻기에
"니 형수는 내가 바람을 피우다 걸리면
영화 〈황해〉에 나오는 청부업자(하정우 같이 센)를
고용하겠다고 말한 적이 있다."라고
진술하였다.

#여보, 내가 잘할게…

장을 보고 오는 길에 자전거만 넉 대다.

그중 레드(아빠)가 갑.

위용이 다른 만큼 가족의 건사가 레드의 숙명이다.

블랙(아내)의 도전이 꾸준하나 가업은 핑크(첫째), 그린(둘째),

옐로(막내) 중에게 넘겨줄 생각이다.

왕좌의 게임이다.

23

하늘에 계신 우리 아버지는
애가 '하나'셔서 잘 모르시겠지만,
애 셋인 저희는 크리스마스 선물을 사 달라는 뜻이
하늘에서와 같이 땅에서도
이루어지기가 곤궁해요. 어흑.

#24

애 셋을 두고
누군가 부의 상징이라 했고,
누군간 애국이라 했고,
어떤 이는 알콜성 번식이라 했고,
"작작 좀 해."라고 한 이도 있었다.

오늘이 막내 생일이다.

평화롭다. 극락이 막내 낮잠 안에 있구나.

2006. 10. 23(월)
KOCCA 만화애니캐릭터팀 입사 후
뽀로로, 폴리, 뿌까, 빼꼼, 코코몽, 넛잡,
마당을 나온 암탉, 라바, 레진······ 등
엄청난 미녀들과 일배 중이다.
색시랑 새끼들 말고
뭔가를 이렇게 오래 담당해 본 기억이 없다.
아니 마실 수가 없다.

네이버 만화담당과의 대화.

"과장님, 그림을 직접 그리세요?"
"네. 데뷔시켜 주세요."
"도전만화가부터 올라오세요. 우허허허."

'내년언 다음이랑 일해야겠다.'

독고탁을 꿈꾸던 소년은,
이제는 다 자라 키와 이마가 독고탁이다.

"멋진 꿈과 추억을 주셔서 고맙습니다."

얘들아, 힘 좀 써 봐. 나주 갈 시간이 다가와…….

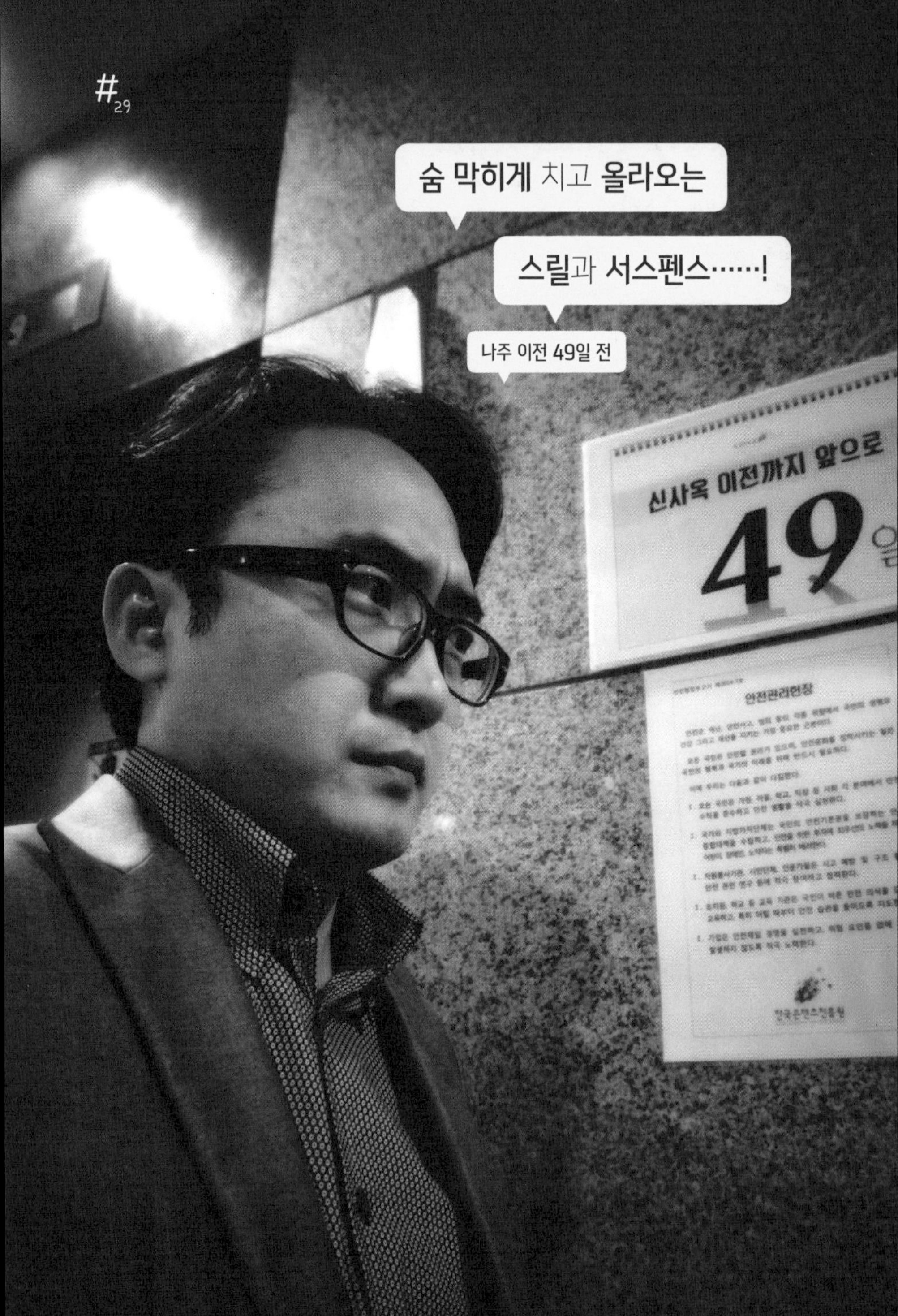
#29
숨 막히게 치고 올라오는
스릴과 서스펜스……!
나주 이전 49일 전
신사옥 이전까지 앞으로
49
안전관리헌장

욕망 123456

적을 알고 나를 알면

흥분된다

#,

여자의 적은 여자이고
적의 적은 친구라서
적을 알고 나를 알면 흥분된다.

술이 귀하냐 그림이 높으냐 자문하다,
미녀가 으뜸이라고 답안하셨다.
스스로 뿌듯하여 '좋아요' 하며 자작한다.

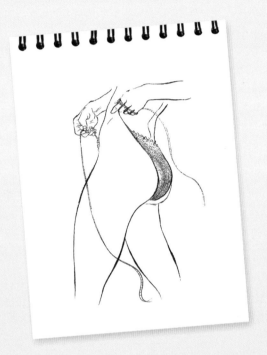

미녀께서 반주 잔을 곧잘 들기에

주량이 어찌 되시느냐 물으니,

"공식적으로는 술 못 마시는 거로 해 주세요. 호.호.호."란다.

그래서 "그럼 전 비공식으로 180인가요? 하.하.하." 했더니,

"걍 술이나 드세요."란다.

오늘의 술푼 인연.

식사 내내
다른 남자 이야기를 하던 미녀께서
그 남자의 반짝이는 눈에 반했다고 하기에,
아마 그의 눈은 반대편 여자를
보고 있었을 것이다 라고 추리하며
내 꿈이 탐정이었다고 설득하였다.

'무소유의 삶을 살아야겠다.'

미안해.

외면할 수가 없었어······.

#₆

생면부지의 미녀가
내 어깨에 기대어 잠이 들었다.
아… 스테파네트 아가씨…
별 같은 출근이다.

방금 DMC 역을
지났어요…

스르르~

괜찮아.
안 어색해.

오늘 비 온다던데,
소나기까지 왔으면
좋겠다…

안암역 스테파네트 아가씨가
중계역 목동의 어깨에 기대 DMC역으로 잠들어 있다.

(Feat. 도데)

아내가 늦은 밥을 먹는 다섯 살 막내에게
"밥 빨리 안 먹으면
이제부터 너랑 안 잔다." 하기에
"거 봐라, 여자는 믿는 게 아니다."라고 했다가
숟가락으로 맞을 뻔하였다.

'아들아, 예쁜 여자를 믿지 말고
예쁜 여자가 널 믿게 해라.'

러시아 미녀 vs 브라질 미녀와의
핸드볼 경기 중에
정작 옥수수수염차가
사람을 이렇게 설레게 할 줄이야……!

$\#_9$

3차 하고 깊은 밤에 들어와서는
"지금 세계 각국의 여대생들이 광주에 모여 있는데,
널 사랑하는 나는
남자 셋이서 꼬막에 막걸리를 마셨을 뿐이다."
라고 한탄했다가 아내에게 등짝을 맞을 뻔하였다.
맞은 것 같기도 하다.

이제 열흘 뒤면 나주로 이사한다.
나주서 국민연금을 타면
마법의 성을 하나 사서
미녀들과 자유롭게 저 하늘을 날아가도
놀라지 말아야겠다.
도시철도는 어둠의 동굴과 늪을 건너고
이제 나의 손을 잡아 보아요~.

여기서 이럴 게 아니라,
다 같이 나주로 가자구요.

기재부에 내년도 만화사업
예산 설명 차 출장하여 4시간을 대기하였다.

연애도 이렇게는 안했는데······.

내 민원인은 내가 지킨다. 미녀도 그러하다.

안녕, 도시철도 5678 언니들.

아저씬 이제 나주를 가요.

응, 나도 맘이 아프지만

안전선 밖으로 물러나야 해.

나주에선 암사슴과 암노루를 그리겠지.

아~ 정말 환승하겠는걸.

죽을 만큼 보고 싶다 하는 일과

이 죽일 놈의 사랑 하는 일과

총 맞은 것처럼 가슴이 너무 아파 하는 일과

아~ 죽어도 좋아, 오빠 하는 일은

모두 살겠다는 일인데,

이제 다 자란 나는

나주에서 일만 하다 죽겠지 싶었다.

서울시 미녀들은 찬란히 계신가요?
전 완연한 나주인,
제 몸엔 남도의 피가 흐르고 있었나 봐요.
서울서 함께라면 러브샷 해 달라,
상추쌈 싸 달라 졸랐을 텐데.
가고도 싶지만 벗어나는 버스가 없답니다.
이러다 종신 미녀를 모르고 살겠지요. 아.

인생의 반은 술이고

나머지는 숙취다

一杯 김정경 선생

관광버스 뒷좌석
생면부지 미녀에게 프러포즈를 받았다.
나주터미널부터 반지와 함께 구혼 받았으나
난 부끄러워 말도 못하고
발만 바라보다 상경하였다.

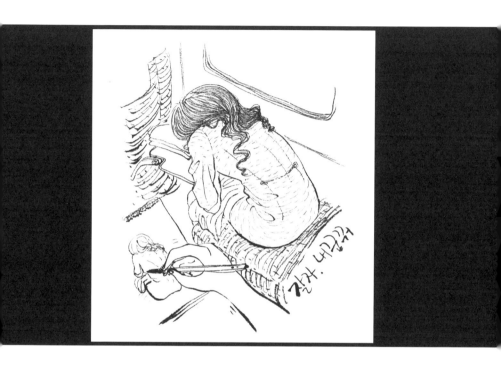

KTX 옆좌석에 엄청난 미녀분이 앉았다.
추리소설을 읽더니 책을 베고 주무신다.
내 꿈이 탐정이었다.

'우리, 같은 꿈을 꾸고 있어요.'

나 혼자 있으면 어쩐지 술술해지지만
들장미 같은 남자라서 울지 않는다.
그럴 땐 거울 속의 나하고 웃으면서 달리는데,
그런 나를 보는 나주 곰탕집 아가씨 눈은
캔디만 해지고……

여기는 난 모르겠고.
최강이십니다.

DOOSAN
유희관

우리 여성팬들
응원 잘
모르시죠?

이력줄 앉았으면
야구선수가 될걸

나주 혁신도시 뚜레쥬르에
엄청난 미녀 알바생이 왔다는데
역시 사람은 빵만으론
살 수 없는……
'당분간 안주와 해장은 빵이다!'

나주성당 신부님 주재하에
지역 신자분들과 저녁 자리를 했다.
한 자매님께서 미모의 딸을 자랑하시며
"근디 총각이지?" 묻기에, 신부님 앞에서 차마 거짓말을 못해
"애 셋인데요." 고해했다.
아…… 성당은 이미 틀렸고 절을 가야 하나 생각했다.

오늘 나주 동사무소에 들렀는데
민원 창구에 미녀분이 계시더라고.
그래서 뭐라도 해 드려야지 싶어서
고민 끝에 전입신고를 했지.
"이제 우린 나주 사람인 거네요."
"아뇨, 전 광주 사람인데요."
아, 내 맘 같지 않네.

서울 출장이다.

오백 년 도읍지를 열차로 돌아드니

산천은 의구하고 미녀는 장구하다.

산은 옛 산이나 미녀는 옛 미녀가 아니어서

미녀를 향한 일편단심이 가실 줄을 모른다.

아, KTX에서 소년은

맥주를 처얼썩 척 쏴아~ 하고

딴다 부은다 마셔 버린다.

어금니에 충치가 보여 치과를 갔더니
다행히 까만 음식 조각이라 하였다.
치위생사는 이렇게 가지런한 치아는 처음이라 했고,
환자 역시 나중에 이런 미녀분은 처음이라며 스케일링을 부탁했다.
시술이 어찌나 열정적이신지
내 입속으로 그녀의 머리가 들어오는 줄 알았다.
'아~ 야메떼~!!'

나주 핸드폰 매장 미녀 판매원께서

내 오른쪽 귀 가까이서

요금제 설명을 해 주시는데

아…… 이상하다. 이상하자.

이상한 생각이 핸폰을 바꾼다.

아…….

#₂₄

다 자란 남자 넷이서
닭발을 가운데 두고 잔을 드는데
80%가 여자 이야기,
20%가 여자와의 이야기임을
깨달았다.

아, 사내란
관계의 부재요,
헐벗음이요,
타고난 결핍이요,
통합되지 못한
자기인가.

넋은 이게 다 나주 탓이라
통곡하고 회개하였다.

욕망 123456

양지에서 일하고

음지에서 마신다

양지에서 일하고

음지에서 마신다.

내가 만약 에로울 때에며~언
누가 나를 위로해 주지?
바로 여러병.
허전하고 술술할 때에
너는 나의 영원한 형제여어~ 아.

#₃

"아빠, 술은 무슨 맛이야?"
하던 둘째가 소주잔에 입을 대 보더니
"웩~ 죽을 맛이네!" 한다.

'네가 아직 네 출생의 비밀을 몰라서 그래…….'

술 약속에 차 타고 4시간.
1.2L 죽통주 세 통을 받아 한 잔에 전자렌지 1분 30초.
30잔을 데우는 데 45분.
그걸 마시는 데 4시간.
그 숙취가 12시간. 온통 네 생각.
아, 연애를 이렇게 했어야 했는데…….

지난밤 대취하여 아내에게
너는 모르겠지만 사랑했다며
비정한 척했던 나를 사과한다 노래하고
삼바춤을 추었다는데 진정 기억에 없다.
현관 번호키도 못 열었다는데…….
등짝을 맞을 뻔하다
"널 사랑하는 건 기억이 아니라 본능이다."
하여 해장국을 얻어먹고 있다.

옥수역 7번 출구 앞에
멋진 나무와 절이 있다.
절 앞에 삼겹살집이 있는데
맛이 대자대비하다.
러브샷을 해 가며 사바의 잔을 비우고,
바로 옆 포장마차서 열반에 든
꼼장어와 해탈했다.
"물 좀 주쏘오~." 한대수 모창하며
아침밥 기다리는데 무명무실무감하여
나주 가도 되겠다.

회전하는 물침대에서 미녀들과
나라 경제를 근심하는 꿈을 꾸던
일배 김정경 선생이
아내에 의해 발견된 곳은 동네 놀이터였다.
선생께선 일어나시며
"다들 어디 갔냐?"며······.

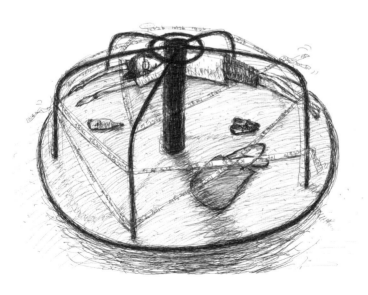

아내는 내가 있어도 힘들고
없어도 힘들단다.

하여 새벽에 문틈에 서 있었다.

멀당, 연애를다.

어느 하나
담아내지
못하는 것이 없는
대기大器

이 그릇에 담긴 국과 밥을 먹고 말을 배웠다.

이후 쌀국자로 한동안 쓰이다
첫딸 밥그릇으로 감개가 무량했다.
그리고 둘째, 지금의 셋째까지……

물이면 술, 술이면 물.
어느 하나 담아내지 못하는 것이 없는 대기(大器).

아비의 성작이요 일가의 축배로다.

새끼들은 고래밥에 도라에몽을 보고
난 색시가 부친 동그랑땡을 안주 하는데,
하나를 집으면 그 위에 양념간장을 얹어 준다.
새해 복이다.

한 잔만 하려다 둘이 들어갔소.

두 병만 하려다 넷이 되고 만취가 되었소.

우리 애들이 그러하고 내 행복이 그러하오.

그러니 기뻐하시구려.

쌀과 누룩, 물을 따시게 두면
효소와 당이 생겨나고,
당은 효모에 의해 분해되어 맛난 술이 된다.
나도 새끼들 덕에 아비로 발효되는데
이 또한 달달하다.

왜 따라 주면서
서로 취할까 걱정을 하는 것인가?
안주는 덜 취하려 먹는 것인가,
더 마시려고 먹는 것인가?
왜 어제가 마셨는데 오늘이 아프고,
늘 아픈 데가 아픈가?
왜 땅에서 마시고
하늘과 바람과 별과 시를 노래하는가?
하늘을 우러러 한 잔 부끄럼이 없기를,
잎새주에 이는 숙취에 괴로운 새벽.

내 몸 같은 네 몸과 사랑하는 만큼 따라서

죽을 만큼 마시고 숙취로 열반하다

해가 지면 처음처럼 부활하니

생과 사와 윤회가 잔 안에 있다.

사는 게 참⋯⋯ 이슬하다.

인천 앞바다 조나단과의 조우,
정확히는 쌩까임. 새 무시.
형이 낮술만 안 했어도
독수리 5형제 맏형, 여동생이 백존데.
우연히도 너나 나나 땅에서는 부유물,
하늘에선 침전물.
기념하여 저녁 주안은 애끓은 갈매기살,
꿈이 탄다.

애써 뭍으로 행차하사
생과 사를 설법하시고 누워
베푼 법문이 모자라 몸소 공양되어
저—에 오르신 열반의 광어시여.

아~
사바의
술잔이여·····!

아, 이거 초면에 실례가...

아브라함은 이삭을 낳고.
밀알은 누룩을 낳고
누룩은 순교하여 막걸리가 되었구나.
두루 잔을 드니 알알이 성지요
일배하니 정토로다.

지난 밤의 3차는 '기쁨' 하였으나
늦은 밤의 아내는 '화남' 하였고
종일토록 '까칠' 하였다.
하여 퇴근 후 '소심' 하게
식은 밥을 찾아먹는 내 모습이 '슬픔' 하다.

문제는 모자람이 아닌 넘치는 것에서
시작된다는 것을 맥주잔에서 배우고,
해결은 채움이 아닌
비워 내는 것에 있다는 것을 소주잔에서 배웠다.
그 둘의 합이 폭탄주인데
사회생활이 이 빅뱅에서 시작되었다.

아내가 잠시 금주하는 나에게
아구찜과 대게와 홍어를 밥반찬이라며 내놓는다.

이것은 사랑인가 전쟁인가.

"내 여자가 나 말고
다른 사람한테 굽신거리는 게 싫어서!"
맞벌이가 싫다 했었다.
근데 나는 왜 아내에게
굽신해야 하는 건지 모르겠습니다요 라고
새벽 4시에 들어와 질의응답하다 쫓겨날 뻔하였다.

한글날을 기념하여
영어를 말하면 벌주하기로 하였다.
'지드래곤' 해서 마시고,
'아이유' 하다 마시고,
'썸 타냐?'로 마시고,
'쿨하게' 마시고,
'완샷, 러브샷!' 하다 취하였다.
억울한 건 '육룡이 나르샤'였다.

3차 중 귀가한 녀후배에게
'잘 들어갔니?' 하는 점호 문자를 아내에게 보냈다.
넌 잘 들어갔겠지만 난 잘 들어가지 못했고,
우리 사이는 그런 사이가 아니라고 했다가 일이 더 커졌고,
민족 최대의 명절이 최대 위기가 되었고,
여러 가지가 풍성하고……

편히 죽고 싶다는데

왜 삶의 소원이 죽음일까?

왜 수학 중엔 휴강에, 격무 중엔 휴무에 희열할까?

왜 정도는 외도를 욕망하고

산 사람의 종교는 내세를 붙잡는가?

막걸리는 홍어의 연장인가?

미움은 미움을 낳고, 미녀는 미녀를 낳는데,

왜 술은 숙취를 낳는가?

미움도 미녀도 사람이 낳는데,

술은 하늘의 소출인가, 땅의 소출인가?

인간은 소작인가, 대작인가?

과정인가, 귀결인가?

항구한 일주와 연주 중에 새해를 찾는 것은

지구의 입장인가, 우주의 형편인가?

인간은 우주라는데

세월은 안의 사정인가, 밖의 현상인가?

나이는 채워 가는 것인가, 비워 가는 것인가?

잔은 비우려고 드는 것인가, 채우려고 비우는 것인가?

마시다 마는 것은 순간인가, 과정인가?

욕망 123456

이게 **사랑인지**

집착인지

#₁

몇 분 늦지도 않았는데
네 생각에 가슴이 벅차고,
그런 내가 조금만 한눈을 팔아도
넌 견디지 못하고.
이게 사랑인지 집착인지.

아, 회사란…….

아, 딸이 수두에 걸렸다.
무려 열흘이나 학교에 안 간단다.
하여 꼬옥 안고 자고 있다.

(울으면 회사 안 감)

추신수와 비슷한 시기에
연봉 계약을 했다.
퇴근길에 텍사스산 통닭이나
두 마리 튀겨 가야겠다.

삼시세끼 차승원을 의식하고
명절내내 콧수염을 기르고 출근했더니
"밥은 먹고 다니냐?"며……
남직원은 질문을 하고 여직원은 회피를 한다.
내 콧수염이 석자다.

딸과 아내의 격한 항쟁에 굴하여,
오등은 자에 조선의 독립국임을 선언하고
면도하였다.

지각에 자학할 거 없고
칼퇴에 자만할 거 없다는 것을
야근과 휴일 근무 중에 깨달았다.
그럼에도 출근의 반대말은 퇴근인데,
퇴근의 반대말은 왜 야근인지는
아직도 모르겠다.

#₇

'퇴근에 억지로 야근을
삽입하지 마세요. 폭력입니다.'

'근데 나는 왜 싫으면 싫다고
말을 못 하니…….'

#8

흐르는 강물이 그러하듯
사람은 사람 사이를 흐르고 부대끼며 정화된다.
쓰라림이 많은 만큼 맑아지고
고이지 않았던 시간만큼 깊고 투명해진다.
내 보고서도 쓰라리게 반려 중이다.
뇌가 투명해진다.

#기가
팍·팍·귀가,
귀가(歸家)

기가 팍. 팍.

귀가, 귀가(歸家)가 하고 싶다.

우주삼라만상에 눈을 뜨는 여덟 살 둘째가
UFO랑 외계인이 정말 있냐고 자주 묻는다.
'너도 그들에겐 외계인이란다.'
혹 지방 이전한 외계 직장인이 집에 가는 길에
지구를 휴게소처럼 들르는 게 아닐까?

무려 열흘 만에 서울 집에 왔다.
셋째가 달려오는데
만주서 독립운동 하다 온 기분이다.
깨어 있지 못한 첫째와 둘째에겐
볼 뽀뽀를 하다 광복을 맞이하였다.
나의 소원은 첫째도 둘째도 셋째도
조국의 완전한 광복이다.

#₁₂

야근 중에 '난 만 8세 미만 애가 둘이니
2년의 육아휴직을 쓸 수 있다구. 훗.'
하며 속으로 웃다가
'아, 아직 만 8세 미만 애가 둘씩이나 있구나. 휴우.'
하며 쓰게 웃고 마저 겸무 하였다.

"왜 자꾸 퇴근 후에 회식해요?"
라고 묻는 후배에게
"회식하고 출근하면 이상하잖아!"
대답하였다.
'아~ 난 나쁜 상사인가, 거칠게 다뤄 주겠어!'

편한 술자리에서
"요즘 회사 생활에 힘든 점은 없니?"
하고 다정히 물으시기에
"출퇴근이요~." 하고 다소곳이 대답하였다.
그분께선 내 짐을 반으로 덜어 주겠다며
내일부터 퇴근하지 말라 하시고,
술 확 깨고.

아들만 둘이라 딸병에 걸린 녀후배는 남편에게
"넌 밤낮 모니터 앞에 살고, 스마트폰과 패드를 안고 자면서
왜 내게 이런 것만을 주냐."며 투정을 한단다.
녀의 남편은 "전자파는 충분한데 수용자가
받아들이는 자세에 문제가 있다."며……
'얘들 격하구나……'

남들은 미생을 한다는데
넌 알까기를 하는구나……

팀 대항 회식.

오늘의 전술은 기승전술로

폭탄주로 기선 제압 후 파도타기로 장애물 제거.

잔 돌리기로 보급로 차단 후,

밑 잔 빼기로 적 후방 교란, 흑기사로 인질 구출,

조준 완샷으로 요인 암살.

끝.

어제의 회식(파티)에서

미녀 후배들(걸그룹)에게 고백하고(사랑) 다 차이고(시련)

상사에게 읍소하고(위기) 노래하고(뮤직) 춤추고(댄스) 했다는데

기억에 없고(기억상실) 눈 떠 보니

아내(반전)에게 멍석말이를 당하고(액션).

뮤지컬 같다.

국경일이 일요일인 것은
환급 받지 못한 연말정산과 같고
그런 일요일마저 지나감은
연말정산 추가 납부와 같다.
'아, 속상해……'

"그분 믿고 천국 가세요." 하기에,

"전 지금 나주 가는데요." 답하고 용산역서 내렸다.

KTX 옆자리에 미녀가 앉을까 하여

역 화장실서 양치하고 좌석에 앉았는데,

아까 같이 양치하던 남자분이 옆에 있었다.

민트 향 가운데 회개하였다.

＃₂₁

설마의 평일에 다리 좀 펴 보자고
가족석을 잡았더니 팔도 사나이 네 명이 동석이다.
자도 어색하고 깨도 어색한 필승의 대진운.
우린 서로를 어찌할 바 모르다가 무릎이 닿자 화들짝.
아, 박복의 KTX.

이번 주 열차 삯이 대한민국 병장 월급이다.
구르는 KTX엔 이끼가 끼지 않고 삭신도 곤궁하나,
민간인의 낙서를 힐끗하는
옆자리 군인으로 위안을 삼는다.
아…… 집 떠나와 열차 타는 군 장병은
모든 것이 새롭겠다.
'김일병, 계룡역일세…….'

나주 6개월간 26번 서울을 오갔다.
왕복 52번에 운임 3만 원을 곱하니 156만 원이다.
KTX로 3시간, 버스로 5시간을 평균해서
4시간을 곱하면 208시간이고
최저 시급 5,210원(2014년 기준)으로 셈하니
1,083,680원이 기회비용이다.
부와 미녀의 유출이 심각하다.

KTX서 시속 300km로 마셔 준다.

크리넥스로 입가를 닦아 가며 마셔 준다.

사는 남자라 서울과 나주에 살림이 있다.

유복이다.

아, 맞추어 조국 산천이 네 박자로 흘러간다.

우아하다.

"지배인, 이 오다리는 얼마에 형성되어 있죠?"

옥희 어머님께선
시구하고 오신 클라라 같으시다.
역시 야구의 고장이구나.
'저도 삶은 달걀 좋아해요'

광주 송정역 KTX에서.

'옥희는 훌륭한 어머니를 두었구나.'

미국은 탄저균.
중국은 사스.
일본은 방사능
러시아는 미녀
나는 막걸리.
언니는 해삼.

면역력이
높은 사람은
안걸린대요.

그래서 제가
서울시 미녀들을
잘 부탁드린다고
했잖아요...

"정부를 믿습니까, 마스크를 믿습니까?
마스크가 2천 원!
나라 부채가 3천 조, 이 부채는 3천 원!!"

2호선 불법 잡상인의 노이즈 마케팅에
'아, 일을 더 잘해야겠다. 근검절약해야겠다.'
생각했다.

착하고 예쁜 후배들과 만찬 중에
남자의 조건을 논하는데 첫 번째가 "키 큰 남자요."였다.
"앉은키는 안되겠니?" 물으니
두 번째는 "잘생기고 돈 많은 남자요!"한다.

'내가 너희에게 뭘 잘못한 거니……?'

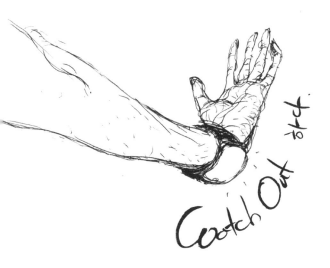

Cootch Out 하다.

회사 워크숍 중에
새로 산 smart watch로 민원인 전화를 받았네.
동료들이 신기해하더라고.
Edge있게 일어나 화장실서 작은 일을 보고 돌아왔지.
야~ 종료 버튼을 안 눌렀네.
'본의 아니게 프러포즈를 했구나…….'

비어도 충만하고 (월급통장),

낮아도 당당하며 (직급),

모자라도 만족하고 (기획안),

늦어도 조급하지 않으며 (출근),

늘 깨어 있고 (칼퇴),

자신의 때를 기다리며 (휴가),

범사에 감사하고 (회식),

진리를 갈구하며 (성과급),

자신을 돌아보기를 (연말정산).

욕망 123456

여보, 나도……

정상은 아니야

초등학교 2학년 아들 도우가

수업 시간에 장난치다 반성문을 쓴단다.

그 외 이런저런 죄명이 붙어 관심사병이란다.

아내의 근심이 크단다.

"기운 내, 여보. 나도 정상은 아니야."

Mtv 하던 아내는 '동물의 왕국' 같은 남자를 만나
'우리 결혼했어요' 하다가 애 셋을 낳았다.
이후 '인간극장'과 '동물농장'을 오가는 삶이
'무한도전' 한데 아내는 '슈퍼맨' 같고 '진짜사나이' 같다.
아비는 '1박 2일'간 '삼시세끼' 하고
'6시에 내 고향' 나주로 간다.
TV 보는 새끼들은 '해피선데이' 하다.

엊그제 숙제하던 딸이
아빠도 어린 시절로 돌아가고 싶냐고 물었다.
물론 '싫다.' 했다.
거기엔 너도 없고, 동생들도 없고,
이 집도 없을 거니까 싫다 했다.
오늘 아내와 심야 영화를 보고 나니
인생이라는 숙제가 어바웃 타임하다.

다섯 살 셋째가 옛날 둘째만큼 컸다.
아홉 살 둘째는 옛날 첫째만 해졌다.
열두 살 첫째는 이미 아빠 턱 밑까지 왔는데
난 언제 커서 색시만 해지나.

새끼들이 아침부터
짹- 짹- 부루마블을 한다.
땅을 사고, 빌딩을 올리고, 호텔을 짓는다.
내 노후를 준비하려나 보다.

첫째에겐 "이제 다 컸네~." 하다
여차하면 "넌 아직 어려서 안 돼." 한다.
둘째에겐 "누나한테 까불면 혼난다." 하다
"동생이 까불어도 때리면 혼난다." 한다.
예쁜 막내에겐 "에고, 우리 애기~." 하다
사고 치면 "니가 애기야?!" 한다.
얘들도 사는 게 쉽지 않다.

장인은 사위에게 딸을 빼앗겼고,
사위는 첫째에게 아내를 빼앗겼다.
첫째는 둘째에게 엄마를 빼앗겼고,
둘째는 셋째에게 누나를 빼앗겼다.
별이었던 셋째는 인간이 되어 간다.
하여 빼앗긴 사람끼리 소풍을 간다.

#.8

12년 전……
아내 마흔 되는 해에
재규어 e타입을 사 주겠노라 했었다.
자주색 바디에 아이보리 가죽 시트,
블랙 핸들…….
지난밤 메르세데스벤치에서 잠이 들었다.

넉넉히 충전하여
소지섭과 함께 선물했더니,
아내는 내가 소지섭보다 좋단다.

"보고 있나? 소지섭!"

#₁₀

이발하고 현관문을 열었더니
아내가 "도민준 씨?" 한다.
"천송이!" 하고 들어와
하정우처럼 저녁을 먹고 있다.

사업하는 이웃은
정기의 급여가 부럽다 했고,

박봉의 과장은
자유의 작가가 부럽다고 했다.

미혼의 작가는
애 셋인 내가 부럽다고 했고,

삼면이 애들인 나는
우린 큰애가 열두 살인데
사업자의 신부는 열두 살이 어리다고
아내에게 말했다가

4시간 구타를 당했다.

다섯 살 막내가 아래층 동갑내기를 좋아한다며
지 누나에게 대필 편지를 부탁했다고 한다.
줘 봐야 읽지도 못할 텐데 안타까운 마음이다.

#₁₃

학교에서 이순신 장군을 배워 온 둘째가
'죽으려 하면 살고 살려 하면 죽을 것이다.'를 두고
이 분은 뭘 해도 안되는 분이냐 묻기에,
그것은 네가 엄마한테 학교 숙제를 했다고 뻥 치면
구몬 숙제까지 하게 되는 것이고,
숙제하다 코피가 나면
학교를 쉬는 것과 같은 이치다 하였다.

#₁₄

보들보들 우리 아들.
품 안에서 어여쁘니 이대로 평생이면
좋겠다. 허나 커야 한다면 이왕 남자로 컸으면 좋겠다.
바람 같고 바다 같고 바위 같고 풀잎 같은 남자로
자랐으면 좋겠다. 흙처럼 강하고 비처럼 부드러웠으면 좋겠다.
새근새근 자는 우리 아들. 언제고 아비의 팔베개에 머물러
주었으면 좋겠다. 그러나 커야 한다면 둥근 나무처럼
자랐으면 좋겠다. 그 나무엔 가지도 많고 그늘도 많아
품고 나누며 살았으면 좋겠다. 어지간한 시련과 아픔마저
묵묵히 품었으면 좋겠다. 어깨가 둥글둥글 우리 아들. 여리고
나긋하니 보듬고 부비며 살았으면 좋겠다. 하지만 꼭 커야만
한다면 당당하고 따뜻한 어깨를 가진 남자가 되었으면
좋겠다. 하여 꿈꾸고 사랑하며 노래하고 더불어 살아가는
남자가 되었으면 좋겠다. 언제고 아비는 늙고 병들어
그 옛날 목동의 노래처럼 바람이 되고 흙이 되고 시가 되고
노래가 되면. 그의 아들은 또 그 아들의 아비가 되어
지금의 바람을 노래하겠지.

그때, 아비의 지난 마음을 헤아려 주는
깊은 남자가 되었으면 좋겠다.

"아빠, 요괴워치 사 줘."

"아빠가 요괴 잡아 줄게."

"요괴는 멀리 살어, 아빠."

"아빠도 먼 데서 왔어."

"요괴워치에선 노래도 나와."

"아빠도 술 마시면 노래 잘해."

됐어.
흙이나 가지고
놀 거야.

열두 살 딸이 이젠 후회도 한다.
얘야, '없었다면 좋았을' 것들이
'있었다면 좋았을' 것들보다 더 많은 너를 만든단다.
또한 한번 지나간 것은 되돌리는 게 아니란다.
사랑도 그렇고 비행기도 그렇다.
아파도 니 땅콩은 니가 까먹어라.
후회가 그렇다.

첫산 막내는 공룡이 될꺼라 하고 P산 둘째는 우주탐험이. 12살 첫째는
화가가 되고 싶다고 한다. 내꿈은 하늘을 나는 초인이었는데
숨과 새끼들과 미녀가 좋아서 아직도 땅에서 마시고 있다.

"근데 왜 어른들은 우리가 부럽다고 해?"라고
딸이 묻기에 "너흰 뭐든 할 수 있거든.
네가 화가가 되고 싶으면 지금부터 열심히 하면 되겠지.
하지만 아빠가 지금 화가가 되고 싶으면
열심히 하면 되겠지." 했다.
만둣국을 끓이던 아내가
"지금 애 데리고 뭔 소리를 하느냐."며……

초등학교 5학년 딸이
"아빠, 난 이제 산타의 비밀을 알아요."라고 하기에
언제부터냐 물으니 초2였다고 한다.
알고도 속고 모르고도 속고 속이는
훈훈한 민족 고유의 명절.

난 이제
산타의 비밀을 알아요···

애들 성탄카드를 쓰는 아내에게
'아내의 소원은 무엇이오?' 하고 물으니
돌아가신 장인이 보고 싶다고 한다.
死와 生.
원래 성탄은 그런 것이다.

"나이는, 책은 먹었다, 읽었다가 중요한 것이 아니라

그로 인해 네가 얼마나 완성되었느냐,

또 너로 인해 세상이 얼마나 아름다워졌느냐가 중요한 것이다.

아니라면 얻은 것을 부끄러워할 줄 알아야 한다."

라고 내일 새 학년 올라가는

(코 파는) 새끼들에게 이야기해 주었다.

물놀이 소풍을 마치고,
어여삐 부욱-북 감기고 나니
내 아들이 아니더라는!!

'아, 머리부터 감기길 다행이다⋯⋯.'

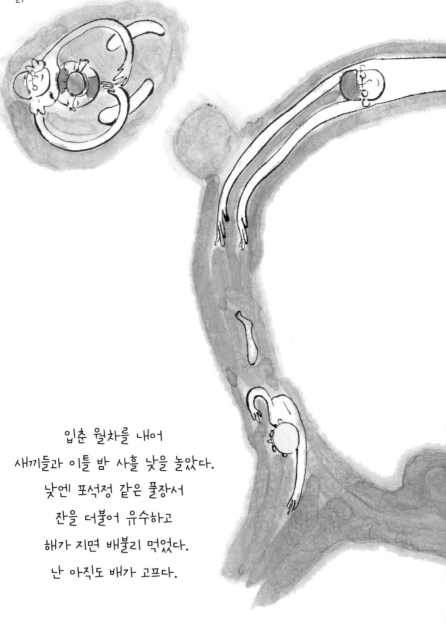

입춘 월차를 내어
새끼들과 이틀 밤 사흘 낮을 놀았다.
낮엔 포석정 같은 풀장서
잔을 더불어 유수하고
해가 지면 배불리 먹었다.
난 아직도 배가 고프다.

2015. 2 부산에서. 흥겨운 한마당.

온 가족 영화가 파워레인저다.

마침 이쪽 역시 5:5.

지구의 평화를 위해서라면 물러서지 않겠다.

팝콘만 먹지 말고 지구를 지켜라.

십오야 밝은 둥근 달은 둥실둥실하고
울 식구 다섯은 직렬로 덩실덩실하다.

양생하라고 꾹꾹.
아빠 등에 새겨 넣는 갑골문자가 점점 깊어진다.
아내는 우럭매운탕을 끓이고,
마침 막걸리도 두 병 있고.

학교 급식의 맛을 불평하는 새끼들에게
세상에 못 먹는 술은 있어도
맛없는 술은 없다고 교훈하다
아내에게 밥그릇을 빼앗길 뻔하였다.

어제 겨울왕국 본 소감.
'연애가 능사는 아니다.'
'좀 추워도 딸 하나 더 낳고 싶다.'
아내에게 그 말을 했다 쫓겨나
얼어 죽을 뻔하였다.

#₂₇

난 아내가 막내를 잡아먹으려고 하는 줄 알았다.

#28

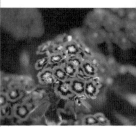

#다 이루어
가는 거야…

아침 산책에 피고 지는 꽃을 만나
찬미영광 하였다.
태양같이 발하고 별처럼 사라지니
정원이 우주 같다.
딸이 "왜 시들어 가는 꽃을 찍어요?" 묻기에,

"시드는 게 아니고 다 이루어 가는 거다."
하였다.

내 사랑하는 딸

10살이 되는 동안
행복한 유년의 기억을 많이 간직하기를
그리고 그 기억이 나머지 생에 큰 힘과 의지가 되기를
20살이 되기 전에 진정한 친구를 한 명이라도 얻기를
그리고 그 친구와의 신뢰를 평생 동안 다져 나가기를
30살이 되기 전에 힘껏 마음의 넓이를 키워 두기를
그리고 그 안에 되도록 많은 사랑의 마음을 담아 두기를
시련에 감사할 줄 알고 고난에도 웃을 수 있는 여유를 갖기를
실패 뒤에 나약해지지 않고 승리 앞에 교만하지 않기를
잃는 것을 두려워하기보단 베풀지 못했던 것을 돌아보기를
너의 모자람과 넘침이 타인의 행복을 다치게 하지 않기를
많은 것보단 진정 소중한 것에 소중한 대우를 다하며 살기를
절망과 후회에 슬퍼할지라도 절대 스스로를 미워하지 않기를
돌이킬 수 없는 실수에 괴로워할 때도 누군가의 자비와 용서가
함께하기를 또 타인에 대한 미움과 증오 앞에서는
네가 받은 용서와 자비를 떠올리기를
앓을 때도 다칠 때도 있겠지만
늘 건강하고 온전한 몸으로 살아 주기를
오늘 같은 웃음을 잘 간직했다가
내 손녀에게도 물려주기를.

열두 살 딸이 다정히 다가와
엄마가 우리 엄마고
아빠가 우리 아빠라서 참 좋다고 한다.
커피 향기를 맡으면 엄마 생각이 나고
술 냄새가 나면 아빠 생각이 난다고 하여
냄새를 보는 소녀라고 하였는데
정작 기말고사를 못 봤다고 한다.
냄새가 난다.

담양 대나무 숲을 걷던 아들이
호랑이가 나오면 어떻게 하냐고 묻기에
아빠가 '닥쳐라, 고양이!' 하며 물리쳐 주겠다 호언했다.
근데 호랑이 말고 미녀가 나오면 정말 좋겠다고 했다가
아내의 등 싸다구가 와호장룡 같았다.

사춘기를 앞둔 딸에게 보여 줄 동화의 콘티 작업이다.
'미움'에 대한 이야긴데 진도가 늦어 협약 기간 연장이다.
허나 포기만 안 하면 완성도 하고 미움도 옅어질 거란 믿음!
또, 즐겁게 꿈을 좇는 아빠를 보여 주고 싶은 마음!

결국 아빠도 사춘기인 거다.

욕망 I2345**6**

남자는 나주 하고

여자는 항구(恒久)하고

넘나주는 미녀도 많이 있는데
떠나가는 남자가 무슨 말을 하겠소?
걍 다른 역에 내려 막걸리나 한잔 아~
사실 남자는 다 이모양이오. 아~

남자는 나주 하고 여자는 항구(恒久)하다.

식판은 풍요롭고
남도라 막걸리 걱정을 모른다.
뷔인 밭 밤바람 소릴 덮고
벼개를 돋아 고이다
얼룩백이 황소 울음에 잠을 깬다.
아, 도시 동무들은 미녀가 포개 주는
상추쌈을 받아 먹겠지.
날리는 귀밑 머리카락 들어갔으면.

(Feat. 정지용)

오늘로 나주가 1년이다.
서울 동무들은 미녀가
발라주는 간지살에
상추쌈을 받아먹겠지.
돌 섭있으면 좋겠다.
내 마음은 조약돌.

티벳이나 부탄이 행복지수가 높다는데
여기도 얼핏하다.
아침이면 산 너머 남촌에 안개가 자욱하고
일과에 근면하다.
저녁이면 사방이 고요하고 밤엔 면벽한다.
여자와 상가가 멀어 소유와 번뇌를 모른다.
오늘도 조조에 남자 셋이
승려복 같은 걸 입고 청소하고 밥 짓고…….

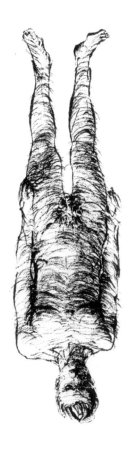

나주 사택 고요한 빈 방
한가운데 홀로 앉아
오리온 오징어땅콩을 씹으면
그 소리가 요한 스트라우스 2세의
〈천둥과 번개〉와 같다.
그림은 오리온성좌 외계인에게
보내는 친필 메시지.

남자면
오지 마…

남자 셋이 읍내를 나가 농협 마트서 장을 본 후
낙지볶음에 공깃밥 네 개를 먹고,
사택에 돌아와 빨래가 돌아가는 동안
차를 끓여 담소를 나누었다.
백년해로할 기세다.

인생의 목적은

건전한 이성교제라고 생각한 때가 있었다.

그런 면에서 이곳 나주는 헬게이트다.

선택이 없어 아무런 일도 일어나지 않는 무저갱이다.

게다가 유황 냄새 비슷한 것도 난다.

- 연애하는 꿈을 꾸다 축사 냄새에 잠을 깼다.

아내가 역전으로 마중을 나왔다.
대장부의 기쁨이 이런 거지 싶다.

#₈

나주서 버스를 탔고,
어둡고 긴 터널 속으로 빨려갔다.
한참 후 눈부시게 환한 빛이 쏟아졌고
천사와 조우했다.
상경이 사후 체험 같다.

나무랑
연애하기

나무랑 연애한다.

주마다 만나 재단하고 다듬고 짜임새를 맞추고 태를 잡는다.

이후 대패와 사포를 대어 뽀얀 살에 옻칠을 입히고

장식을 하는데 사람의 일과는 순서가 반대이다.

미녀도 좋고 나무도 좋아 애 셋 딸린 나무꾼 같다.

#₁₀

풍성한 미녀들과
풍요로운 파티가 가능한
거실 테이블 완성.

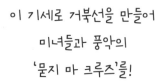

사이즈는 풍족한
1800 x 600 x 320.

이 기세로 거북선을 만들어
미녀들과 풍악의
'묻지 마 크루즈'를!

#₁₁

붓걸이 한 쌍을 만들어
키 순으로 긴 것을 아내에게 주면서
"훗날 순장 시에 동봉하여
부장할 것이오."
라고 했다가 뽀족한 모서리에
정수리를 찍힐 뻔하였다.

남자의 무기는 붓이라는데
아내의 무기는 붓걸이인가.

온 가족 나주 이주를 앞두고 베타테스트 남도 여행이다.
술 익는 남도 삼백 리서
조개 잡고, 고기 굽고, 고구마를 삶는다.
길은 외줄기나 서울의 어원은 지방이고,
가장의 역사는 가족이기에
나주서 가족 하기로 했다.

천국이 가까이 왔다

제 1의 아해가 좋다고 그리오.
제 2의 아해도 좋다고 그리오.
제 3의 아해도 좋다고 그리오.
4랑하는 색시도 좋다고 그리오.
5박 6일의 남도가 좋다고 그리오.

이삿짐은 이미 나주로 떠났다.
짐 먼저 보낸 다음 몸이 가고 마음은 마지막에 간다.
이웃과 덕담하고 생일에 날씨마저 쾌청하니
온 우주가 힘을 모아 날 나주로 보내는 듯하다.
40년 서울살이가 포장 이사 같다.

우주 삼라만상이
르변은 극극순하고
디스커버리 해다.

342km 4시간 반 출근이 800m 6분으로 줄었다.
나주-서울 주 1회 왕복 9시간이 52주면 468시간,
최저시급 5,580원(2015년 기준)을 셈하면
년 2,611,440원이다.
여기에 평균 왕복 운임 80,000원이
52회면 4,160,000원으로
총 6,771,440원의 기회비용이 이문으로 남는다.
하여 오늘 안주는 안창살이다.

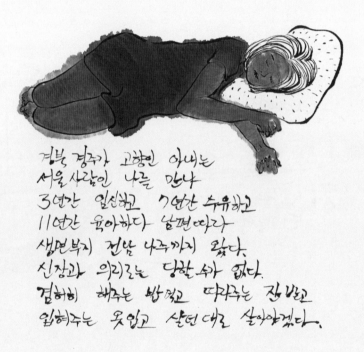

경북 경주가 고향인 아내는
서울 사람인 나를 만나
3년간 임신하고 7년간 수유하고
11년간 육아하다 남편따라
생면부지 전남 나주까지 왔다.
신장과 의리로는 당할 수가 없다.
겸허히 해주는 밥먹고 따라주는 잠 자고
입혀주는 옷입고 살던 대로 살아야겠다.

#₁₇

있을 건 다 있고 없는 건 미녀뿐인
나주 롯데마트에서 열대야를 피서하였다.
카트에 꽂힌 백 원을 두고 둘째와 셋째가 쟁탈하다
아내의 포효가 전라도와 경상도를 가로질렀다.
아, 이 장터의 주인 형제는 회사를 두고 다툰다는데…….

……내 탓이다.

나주 빛가람 초등학교에 엄청난 미녀 선생님이
부임했다는 소문을 들었는데 우리 둘째의 담임이 되셨다.
부모된 도리로 애가 잘못한 게 있으면 저부터 혼내시라고,
아직 배울 것이 많은 학부형이라고 찾아가 말씀드려야겠다.
교육이 미래다.

#₁₉

"나는 방금 전학 온 김도우 님이시다.
이 도장에서 제일 센 자가 누구지?"

"선생님이야. 자리로 들어가."

나주국립박물관 관람 중에
10년 상당의 연상연하 커플을 마주쳤다.
마한의 고분과 부장품 앞에서
서로의 몸과 마음을 발굴하시던데,
고고학자와 탐정이 꿈인 나는
여선생님과 제자라고 추리했다.
'죽어서의 왕릉보다 살아서의
모텔이라는 진리를 제자는 알고 있구나!'

박물관 앞에서 진드기에 물렸다.
아내가 유언을 묻기에
'순장'이라고 답하였다.

타향살이 80일 만에 상경하여
정든 동무들을 찾은 새끼들은
고향이 그리워도 못 가는 신세라고 한탄했고,
인사동과 북촌의 미술관을 찾은 아비는
그중 가장 좋았던 것은 서울 미녀였다고 회술했다.